Ludwig Housse

Die Katakomben: oder, Das unterirdische Rom; in gemeinfasslichem Vortrage dargestellt

Antigonos

Ludwig Housse

Die Katakomben: oder, Das unterirdische Rom; in gemeinfasslichem Vortrage dargestellt

Unveränderter Nachdruck der Originalausgabe von 1867.

1. Auflage 2024 | ISBN: 978-3-38615-770-4

Antigonos Verlag ist ein Imprint der Outlook Verlagsgesellschaft mbH.

Verlag: Outlook Verlag GmbH, Zeilweg 44, 60439 Frankfurt, Deutschland, info@outlook-verlag.de
Vertretungsberechtigt: E. Roepke, Zeilweg 44, 60439 Frankfurt, Deutschland
Druck: Libri Plureos GmbH, Friedensallee 273, 22763 Hamburg, Deutschland

Die Katakomben

Das unterirdische Rom.

In gemeinfaßlichem Vortrage

dargestellt

von

Dr. Ludwig Housse,

Professor am königl. großherzogl. Athenäum zu Luxemburg.

Mit lithographischen Abbildungen.

Zweite, unveränderte Auflage.

Luxemburg.
Druck und Verlag von Peter Brück.
1867.

Dem Luxemburger Lesevereine

gewidmet

von dem

Verfasser.

Vorwort.

Die römischen Katakomben, die Stätte, wo die christliche Erstlings=
gemeinde der heidnischen Weltstadt mitten unter den Stürmen der wü=
thendsten Verfolgungen erblüht ist, diese Felsenhallen und Krypten mit
ihren Martyrergräbern, Gemälden und plastischen Darstellungen, ihren
Inschriften und heiligen Geräthen, — wen sollten sie nicht von ihrer
hohen religiösen, archäologischen und welthistorischen Bedeutung über=
zeugen?

Während dem Geschichtsforscher hier die Gelegenheit geboten wird,
die ersten Lebensregungen jener einst so unansehnlichen und verachteten
Gesellschaft zu belauschen, welche bald der Welt ihre Gesetze vorschreiben
und die in ihren Lastern und Geistesverirrungen alternde Menschheit
verjüngen und verklären sollte; während der Baumeister, der Bildhauer
und Maler die ihrer Form nach zwar meist noch unbeholfenen, aber
doch sinnreich erhabenen Uranfänge einer Kunst bewundert, in der die
vollkommnere Technik späterer Jahrhunderte jene unvergleichbaren Ge=
bilde schuf, durch die der Glanz der Meisterschöpfungen des heidnischen
Alterthums weit überstrahlt wurde: fühlt sich der christliche Pilger beim
Anblick dieser Denkmäler zugleich gehoben und erbaut, ermuthigt und
gestärkt, denn diese Steine mit ihren Millionen Martyrergräbern, ihren
Bildern und Inschriften beurkunden ihm, nach beinahe zwei Jahrtausen=
den, die Unwandelbarkeit und Apostolicität und weltüberwindende Macht
seines Glaubens.

Die Bedeutung dieser antikchristlichen Monumente auch dem Uneinge=
weihten, dem Gebildeten wie Ungebildeten, nahe zu legen, war der Zweck
dieses Vortrags. Er wurde im verwichenen Winter durch die hiesige
Lesegesellschaft veranlaßt, welche nach dem Vorgange ähnlicher in Deutsch=
land, Frankreich und Belgien entstandener Vereine neben geselliger Un=
terhaltung die wechselseitige Fortbildung ihrer Mitglieder durch Lec=
türe und populäre Vorträge über wissenschaftliche Gegenstände be=
zweckt.

Mancher meiner Leser dürfte bei der Erhabenheit des Stoffes, den ich behandele, meine Darstellung vielleicht zu nüchtern finden: allein ich wollte mich absichtlich aller poetischen Ausschmückung der Thatsachen enthalten: denn da es meine Aufgabe war, den Laien auf einem mehr oder minder unbekannten Gebiete zu orientiren, so mußte ich, zumal einem gemischten Auditorium gegenüber, mich vor Allem einer klaren und einfachen Sprache befleißen: ich lasse die Monumente allein sprechen, und diese sprechen meines Erachtens eine so klare und begeisternde Sprache, daß es einer besonders lebhaften Phantasie nicht bedarf, um sich das Leben der ersten Christen in ergreifendem Bilde zu vergegen=
wärtigen.

Luxemburg, den 30. August 1866.

Der Verfasser.

Zur zweiten Auflage.

Da meine kleine Schrift nicht blos im Kreise meiner Vereinsgenossen, für welchen sie ursprünglich allein bestimmt war, sondern auch im größeren Publikum Anklang und Aufnahme gefunden, so daß sie gegen meine Erwartung schon nach mehreren Monaten in ihrer ersten Auflage vergriffen ist, so lasse ich dieselbe hiemit in zweiter und zwar unver=änderten Auflage erscheinen. Eine Vervollständigung habe ich nicht für nothwendig oder rathsam erachtet, denn von Anfang an war es meine Absicht nicht, den Gegenstand in einer allseits erschöpfen=den Weise zu behandeln, noch viel weniger wollte ich eine auf alle dogmatischen Einzelheiten eingehende monumentale Theologie schreiben. In möglichster Kürze, aber in einer Jedermann verständ=lichen Form, durch eine übersichtliche Behandlung und durch getreue lithographische Abbildungen den Laien in das Studium dieser so merkwürdigen altchristlichen Monumente einzuführen, das war der Zweck, den ich mir bei meinem Vortrage gestellt hatte. Ich glaube deshalb, daß meine Schrift neben den beiden in jüngster Zeit erschie=nenen Frankfurter Broschüren, welche denselben Gegenstand behandeln, noch immer ihre Berechtigung hat, wie das ja der Erfolg bewiesen. Weit entfernt, mit denselben in irgendwelche Concurrenz zu treten, wird sie — das wünsche und hoffe ich — für eingehendere und vollständigere Schriften dieser Art Interesse wecken und das Verständniß derselben erleichtern.

Luxemburg, den 10. Februar 1867.

Der Verfasser.

Meine Herren!

Von den römischen Katakomben, dieser unterirdischen Stadt mit ihren dunkeln, labyrintischen Gängen, Gräbern und Grabkapellen, Altären, Sculpturen und Wandgemälden hatte ich in meinen Studienjahren so manches Interessante gelesen und gehört, daß ich mich wirklich glücklich pries, als mir die Gelegenheit geboten wurde, diese kostbaren und heiligen Ueberreste aus dem christlichen Alterthume mit eigenen Augen zu betrachten. (Sie ward mir, als ich vor zwei Jahren mit mehreren andern Priestern der Diözese unsern hochwürdigsten Oberhirten auf seiner Romreise begleitete). Cardinal von Reisach, der sich uns in gewohnter Herablassung und Güte als Führer in diese dunkeln Hallen angeboten hatte, war so freundlich, uns in die Katakomben des heiligen Callistus, eine der ältesten und interessantesten in ganz Rom, zu begleiten, und ertheilte uns über den Bau derselben, sowie über die darin befindlichen Inschriften, Wandgemälde und Sculpturarbeiten die nöthigen Aufklärungen. Erweitert wurden meine Anschauungen über diesen Gegenstand durch den Besuch der christlichen Museen im Vatican und Lateran, wo die in den Katakomben aufgefundenen, mit Sachkenntniß geordneten Alterthümer ein ziemlich vollständiges Bild von dem Glauben, den Sitten und Kunstbestrebungen der ersten christlichen Jahrhunderte geben. Im Museum des Lateran erwartete uns neben Seiner Eminenz auch der berühmte Archäologe de' Rossi, der sich in einem längern Vortrage sehr eingehend über diese Kunstgegenstände verbreitete. Auf diese meine eigenen Anschauungen, sowie auf die viel gründlichern Untersuchungen des P. Marchi und des Cavaliere de' Rossi, der beiden berühmtesten Autoritäten auf diesem Gebiete, werde ich meist meine Angaben und Erklärungen stützen, die wohl in sofern auf einige Zuverläßigkeit Anspruch machen dürfen, wenn sie auch die Frage nicht allseitig erschöpfen[1]). Selbstverständlich werde ich, meine Herren, bei Behandlung eines Gegenstandes, der so Vieles umfaßt, mit so vielen theologischen und archäologischen Fragen zusammenhängt, mich in diesem populären Vortrage auf das Allgemeine, auf das zur Orientirung Nothwendige beschränken müssen.

Zunächst will ich es versuchen, Ihnen in einigen Zügen ein Bild von dem innern Bau der Katakomben zu entwerfen, aus dem sich dann auch die ursprüngliche Bestimmung derselben ergeben wird; sodann werde ich die in den Katakomben aufgefundenen Gegenstände, Wandge-

---

1) Denjenigen meiner verehrten Zuhörer, welche ein vollständigeres Bild von dieser unterirdischen Todtenstadt gewinnen wollen, ohne sich in lange und weitgehende Studien einlassen zu können, empfehle ich die kleine von be Mérode ins Französische übersetzte Schrift des Engländers **P. Spencer Northcote**, welcher selbst während der Wintermonate 1848 und 1849 die Katakomben in Begleitung des **P.** Marchi oder de' Rossi's oder des Franzosen Perret täglich besucht hat. Letzterer war damals mit der Sammlung der Materialien zu seinem später auf Kosten der französischen Regierung veröffentlichten Prachtwerke beschäftigt und be' Rossi arbeitete in Verein mit seinem Bruder an der vor Kurzem in ihrem **I.** Theile erschienenen **Roma sotterranea.** (Ein Werk in Quartformat mit vierzig Abbildungen, Plänen, Chromo=Lithographien.) Meine Leser verweise ich auch auf die unlängst erst erschienenen Abhandlungen über diesen Gegenstand in Wittmer's und **Dr.** Molitor's „Wegweiser durch die ewige Stadt" und in den Frankfurter Broschüren (**II.** Jahrgang, Nr. 7 u. 8.)

mälde, Sculpturen u. s. w. in den Kreis meiner Erörterungen ziehen und zuletzt die Frage untersuchen, auf welche Weise diese unterirdischen Grabgewölbe entstanden sind.

I.

Der innere Bau der Katakomben.

Unter den römischen Katakomben versteht man bekanntlich jene zahllosen unterirdischen Gänge oder Höhlungen, welche sich unter der Stadt oder vielmehr unter ihrem Weichbilde, von den Ringmauern des alten Rom bis zu einer Entfernung von fünf römischen Meilen, längs der alten Heerstraßen nach allen Richtungen hinziehen und durchkreuzen und den Christen der vier ersten Jahrhunderte als Begräbnißstätten dienten. Sie bildeten verschiedene Gruppen oder Netze oder, wie sich aus alten kirchlichen Urkunden (Itinerarien, Missalien und Officien) ergibt, sechzig verschiedene Cömeterien oder Friedhöfe, welche je nach dem ursprünglichen Besitzer des Grundstückes, in welchem sie angelegt waren, oder nach dem berühmtesten dort beigesetzten Martyrer oder auch nach dem Papste, welcher sie erweitern, wiederherstellen oder ausschmücken ließ, verschiedene Namen trugen. Davon entstanden sechs erst nach den Jahrhunderten der Verfolgung, die übrigen waren vor Kaiser Constantin schon angelegt und zerfallen in eilf kleinere und sechs und zwanzig größere Cömete-

rien[1]) welche letztere der Zahl der alten römischen Pfarr=
bezirke entsprachen; unter diesen aber werden wieder drei
und vierzig mit besondern Namen bezeichnete unter=
schieden.

Der Boden, in den diese unterirdischen Gänge ein=
gegraben sind, ist ein körniger vulkanischer Tuff. Er ist
so weich und doch so festzusammenhängend, daß sich mit
einem eisernen Werkzeuge leicht solche Höhlungen darin aus=
schneiden lassen, ohne daß die sie umgebenden Erdmassen,
wie das in unserm Sande der Fall sein würde, zusam=
menbrechen und einstürzen. Daher haben sich auch diese
Gänge, wo sie nicht gewaltsam zerstört wurden, bis auf
den heutigen Tag in ihrer ursprünglichen Form erhal=
ten. Durchschnittlich haben sie eine Höhe von sieben bis
acht, mitunter von zwölf bis fünfzehn Fuß, sind aber in
der Regel nur drei Fuß breit, wenn wir die größern
Grabkapellen oder geräumigern Säle ausnehmen, zu wel=
chen sich diese labyrintischen Höhlungen an einzelnen Stel=
len erweitern. In die senkrecht ausgehauenen Wände sind
die horizontalen Grabhöhlungen (Loculi) eingeschnitten, so
daß die Leichen ihrer Körperlänge nach längs der Gänge
liegen und zwar, je nach der Höhe der Wände und ihrer
Bodenbeschaffenheit, in zwei, drei, vier bis fünfzehn Reihen
übereinander. (Siehe Abbildungen Seite I Nr. 1 u. 2.)

War so die Leiche, nach dem Vorbilde des Leichnams

---

1) Cömeterium (auch Dormitorium und Krypta) war die ursprüng=
liche Bezeichnung dieser unterirdischen Kirchhöfe. Nur das Cömeterium
bei der Basilika des heiligen Sebastian vor den Mauern der Stadt nannte
man Coemeterium ad Catacumbas, weil es an der appischen Straße
an dem Orte ad Catacumbas gelegen war. Später ging der Name
Catacumbae, der eine unterirdische Ruhestätte bezeichnet, auf alle Kata=
komben über.

Christi mit köstlichen Specereien gesalbt und in Leintücher
gehüllt, in das neue Felsengrab gelegt, so wurde dieses
mit (gewöhnlich 3) Backsteinen oder einer Marmorplatte sorg-
fältig geschlossen. (S. Abbild. S. II Nr. 1-4). Der Name des
Verstorbenen, in die Steinplatte oder den sie umschlie-
ßenden Mörtel eingegraben; mystisch-symbolische Zeichen:
das Herz, der Anker, der Fisch[1]), die Taube[2]) oder auch
am Grabe befestigte Ringe, Münzen, Medaillen, Pa-
sten u. s. w. machten ihre Ruhestätte den Ueberleben-
den erkenntlich. Die Gräber der Martyrer aber bezeichnete ein in die Grabplatte oder den Kalk eingeschnittener
Palmzweig, gewöhnlicher ein mit Blut gefülltes kleines
Gefäß (eine Phiole oder Schaale von Glas, Thon, Onyx),
das in das Grab oder häufiger in eine kleine Nische neben oder unter dasselbe gestellt wurde. Oft befinden sich
in den Katakomben unter einem Gange ein, zwei, drei,
vier, ja fünf andere, tiefer liegende, in welche eine Stiege
hinabführt und welche außerdem mit der oberen Gallerie
und miteinander durch Luftlöcher (Luminare) in Verbindung
stehen (S. Abbild. S. III Nr. 2)[3]). Welche Länge die Gänge
sämmtlicher Katakomben aneinandergereiht betragen wür-

---

1) Oder der griechische Name ΙΧΘΥΣ (Fisch). S. Abbild. S. IV.
Figur Nr. 13 enthält neben dem dreizackigen Spieß die Buchstaben fol-
gender Worte ΙΧΘΥΣ ΖΩΝΤΩΝ (Fisch der Lebendigen). Vgl. Abb.
S. V. Nr. 3.

2) Wohl auch die künstlich in einander geschlungenen griechischen Anfangsbuchstaben des Namens Christi, X und P, ein Monogramm, welches zugleich die Gestalt des Kreuzes darstellte. (S. Abb. S. IV Nr.
2-10). Das A und Ω (ω), der erste und letzte Buchstabe des griechischen Alphabetes, bedeuteten in Verbindung mit diesem Monogramme
so viel als: Christus, der Anfang und das Ende.

3) L bezeichnet ein Luminar, l die Loculi oder Grabhöhlungen,
t die Stiegen, e den Eingang zu den Grabgemächern. A die appische
Straße, T die Ruine eines altheidnischen Grabmals.

den, läßt sich nicht mit Sicherheit berechnen, weil immer noch ein bedeutender Theil verschüttet liegt oder doch unzugänglich geworden. Ungeheuer groß aber muß diese Länge sein, da nach den Berechnungen des P. Marchi die Gänge der Katakomben der heiligen Agnes für sich allein eine Ausdehnung von beinahe sechzehn englischen Meilen erreichen müßten. Nach Maguire würden sämmtliche Katakomben-Gallerien, wenn man sie ihrer Länge nach aneinander reihte, eine muthmaßliche Ausdehnung von 180 deutschen Meilen betragen. Sie sollen an sieben Millionen Gräber enthalten. Nach einer Inschrift in der Kirche San Sebastiano, von der man in die Katakomben gelangt, beläuft sich die Zahl der heiligen Martyrer, deren Leichname allein in den miteinander verbundenen Katakomben San Sebastiano und San Calisto beigesetzt wurden, auf 170,000, worunter 46 Päpste: ein lautsprechender Beweis von dem Glaubensmuthe der ersten christlichen Jahrhunderte und der ungeheuern Ausbreitung der christlichen Kirche im heidnischen Rom. Die einzelnen Gräber sind von verschiedener Ausdehnung, je nachdem sie für Kinder oder Erwachsene, für eine oder mehrere Leichen (Bisomum, Trisomum, Quadrisomum) bestimmt waren. Zuweilen befindet sich über dem Grabe eine öfter durch Gemälde geschmückte Nische als Ueberbau, die dann nach unten hin durch eine horizontalliegende Platte, welche das Grab bedeckt, abgeschlossen wird. Diese Gräber nannte man wegen ihres bogenförmigen Ueberbaus Arcosolia (s. a. Abbild. S. I Nr. 3 u. S. III, Nr. 1). Reichere Christen ließen sich eigene Grabkammern oder Grabkapellen aushöhlen (cubicula), die sie mit Marmorgetäfel oder Stucatur, Sculpturen und Fresken verzierten. (S. Abb. S. II, Nr. 4 u. S. I, Nr. 3). Sie sind drei=, vier=, sechs=, achteckig oder rund. Auch für manche Martyrer, heilige Päpste und Bischöfe wurden solche Grabgemächer hergerichtet. Sie dienten zugleich bei außerordentlichen Gelegenheiten oder Veranlassungen zur Feier der heiligen Geheimnisse, wobei das heilige Meßopfer auf dem Grabe des Martyrers, einem Sarkophage oder einem in den Tufstein eingehauenen und mit einer Marmorplatte belegten Grabmale (arcosolium), dargebracht wurde. So schildert uns, um nur ein Zeugniß anzuführen, der christliche Dichter Prudentius das Grab des heiligen Hippolytus als einen Altar, von dem aus den an der Ufern der Tiber wohnenden Christen das himmlische Brod gespendet wurde. Daher die spätere Sitte, über solchen Grabkapellen, die dann als unterirdische Krypten dienten, Tempel zu erbauen, in welchen der Hauptaltar — Bekenntniß (confessio) genannt — über dem Grabe des Martyrers errichtet wurde, und der bis auf den heutigen Tag in der katholischen Kirche fortdauernde Gebrauch, in den Altartisch Reliquien von Heiligen einzuschließen.

Häufig sind diese Grabkapellen je zwei einander gegenüber gestellt und durch eine Gallerie mit einander verbunden. Sie bildeten dann ein förmlich zum Gottesdienste eingerichtetes Oratorium, waren geräumiger als die übrigen und gewöhnlich mit Säulen, Marmorgetäfel und Stuckerei verziert. Nach der Ansicht der christlichen Archäologen befanden sich in der einen Kapelle die Frauen, in der andern die Männer, da nach der alten Kirchendisciplin die Geschlechter beim Gottesdienste getrennt waren. Aus der Thüre der Frauenkapelle sah man durch die Gallerie in die Männer- und Chorkapelle gerade auf den Altar, welcher an der Rückwand in Gestalt eines Arcosoliums angelehnt war oder ein in der Mitte der Kapelle stehender Sarkophag oder Tragaltar war. In letzterm Fall befand sich an der Stelle des Arcosoliums der bischöfliche Sitz und die Seitenwände entlang die in den Tuff eingehauenen Bänke für den übrigen Klerus. Manchmal auch reiht sich an die Kapelle der Männer eine dritte, mit den beiden andern gewöhnlich in gerader Linie fortlaufend. Dann war diese dritte für den Klerus und die Feier der heiligen Geheimnisse bestimmt, diente also als Chor, in das die Frauen und Männer beim Gottesdienste durch den die drei Kapellen verbindenden Gang hineinsehen konnten. Hier, m. H., und nicht in den römischen Justizpalästen, haben wir, meines Erachtens, die Grund- und Urform der christlichen Basiliken zu suchen[1]). Noch sieht man in vielen Kapellen in den Tuff

---

1) Zu klarerer Veranschaulichung habe ich den Plan einer dieser Basiliken, welche aller Wahrscheinlichkeit nach noch im zweiten Jahrhundert angelegt wurde, nach den Abbildungen des P. Marchi und Perret's mitgetheilt. (S. Abbild. S. III Nr. 1). Es ist eine im Jahre 1842 wieder aufgefundene Basilika der Katakombe der heiligen Agnes. Man gelangt in dieselbe durch die zwei Gänge K und G. Das ganze Oratorium besteht aus vier Abtheilungen, dem Chore oder Presbyterium P, dem Männersaale M, dem Frauensaale F und dem Vorhofe V. Letzterer war wohl für die Büßer und Katechumenen (die Neubekehrten, welche die Taufe noch nicht empfangen) bestimmt. An der Rückwand des Chores, gerade in der Mitte, sieht man den Bischofsstuhl L, auf den Seiten herumlaufend die Steinbänke B für den Klerus; auch in diese sind kleine Gräber (loculi) für Kinder eingeschnitten. Ringsherum an den Wänden bemerkt man gleichfalls loculi und arcosolia (a). In der Mitte des Chores stand der Altar. Der Saal F wird durch zwei an die Wand sich anlehnende Säulen, die einen Bogen tragen, in zwei Theile getheilt; auch sieht man noch die Spuren eines marmornen Fußbodens R. Wo sich die zwei Gallerien durchschneiden (N), war ein Luminar, das in einen Obstgarten ging, angebracht.

eingehauene Sitze. Der in einzelnen Gemächern aufgefundene Bischofsstuhl mit dem gegenüber stehenden Sitze des Diakons erinnert an die Priesterweihe, wie die in den Katakomben entdeckten Taufbrunnen und bildlichen Darstellungen der Taufe keinen Zweifel darüber lassen, daß auch das Sakrament der Wiedergeburt hier gespendet wurde.

Mit dieser Annahme stehen die Zeugnisse der ältesten Kirchenväter oder katholischen Schriftsteller (Maximus von Turin, Ambrosius, Augustinus u. A.) so wie die Martyrerakten in vollkommenstem Einklang. In den Katakomben wurden der Gemahl und der Schwager der heiligen Cäcilia während der Nacht von Papst Urban getauft. Hier hielten sich die heiligen Päpste Pontianus, Antherus, Fabianus, Cornelius, welche sich in ununterbrochener Reihe zwischen den Jahren 191 und 252 auf dem Stuhle Petri folgten, einige Zeit vor ihren heidnischen Verfolgern verborgen und konnten hier ungestört den Funktionen ihres hohenpriesterlichen Amtes obliegen. Wiewohl Kaiser Valerian (257) den Christen verbot, sich in den sog. Coemeteria, d. h. Katakomben, zu versammeln oder diese Orte zu besuchen, so lebte doch auch darnach noch einige Zeit hier, um der Verfolgung zu entgehen, der bald darauf folgende Papst Stephan I., der von den heidnischen Häschern in einer Grabkapelle, nachdem er eben das heilige Opfer dargebracht hatte, auf seinem Bischofsstuhle hingeschlachtet wurde, und in gleicher Weise ward hier der heilige Papst Sixtus der II., als er in Gegenwart vieler Gläubigen die heiligen Geheimnisse feierte, mit vier Diakonen erschlagen.

Doch dürfen wir uns nicht denken, meine Herren,

als hätten sich die ersten Christen hier bleibend aufgehalten; dazu sind die Katakomben nirgend eingerichtet und der Aufenthalt in denselben wäre, besonders in den Sommermonaten, zu ungesund. Auch nicht einmal zu der gewöhnlichen Feier der heiligen Mysterien dienten diese Grabkapellen. Ursprünglich scheinen sich die Christen zur Ausübung des gemeinschaftlichen Gottesdienstes in Privatgebäuden, in dem Hause eines ihrer reichern Religionsgenossen versammelt zu haben. Nach historischen Berichten geschah dies unzweifelbar im Hause des Senators Pudens, der Lucina, einer angesehenen Matrone, der Wohlthäterin des heiligen Petrus und Paulus, im Hause des heiligen Clemens. Ein unter Kaiser Trajan lebender Schriftsteller beschreibt uns ihren Versammlungsort als einen hohen, mit Vergoldungen reich verzierten Saal. Ja, besondere Tempel über der Erde besaßen die Christen schon vor Kaiser Constantin, mit welchen bekanntlich erst die Kirche ihre staatsrechtliche Stellung erlangte. Dafür spricht u. A. folgender Vorfall, welcher uns aus dem Anfange des dritten Jahrhunderts berichtet wird. Unter Kaiser Alexander Severus (222-35) hatten die Christen auf einem verlassenen Felde, das bis dahin den Popinari oder Schenkwirthen zugehört hatte, eine Kirche erbaut. Als sich darauf die Popinari, bei welchen bekanntlich sich die Soldaten zu Trinkgelagen und Orgien jeder Art zu versammeln pflegten, mit einer Beschwerde an den Kaiser wandten, entschied dieser zu Gunsten der Christen. Es ist immer besser, so lautet seine merkwürdige Entscheidung, daß dort die Gottheit auf irgend welche Weise verehrt werde, als daß der Platz von Leuten ihres Gelichters (istius gentis) bewohnt sei.

Die gemeinschaftliche Feier der heiligen Mysterien in den Katakomben muß darum wohl als eine Ausnahme von der Regel betrachtet werden. Solche Ausnahmen traten ein, wenn der Sturm der Verfolgung zu heftig wüthete und sich den Christen kein anderes Asyl zu ihren religiösen Versammlungen darbot als diese unterirdischen Grabgewölbe, wo sie sich dann behelfen mußten, so gut es eben anging. Solche Ausnahmen bildeten die Gedächtnißtage der Martyrer, deren Gebeine in den Katakomben beigesetzt waren. Und diese Sitte, an dem Todestage des Heiligen, den sog. Natalitien[1]), das Opfer auf dem Grabmale desselben darzubringen, erhielt sich auch dann noch, als sich nach Constantin das Christenthum bereits die gesetzliche Anerkennung im römischen Staate errungen hatte. Man legte nun neue, bequemere Eingänge zu den Katakomben an und vergrößerte und vervielfältigte die sog. Luminare, die zur Erleuchtung und Lüftung dienenden Oeffnungen in den Gewölben der Gänge oder Grabkuppeln. Auch wurden zur Consolidirung oder Ausschmückung dieser unterirdischen Friedhöfe bedeutende Maurerarbeiten aufgeführt. Besonders aber verzierte man die Grabkapellen heiliger Martyrer, deren Gedächtnißtage hier gefeiert wurden, mit Fresken, Mosaiken, Marmorgetäfel u. dgl. Auch als Begräbnißorte wurden die Katakomben noch einige Zeit benutzt, da die Christen häufig darauf hielten, in der Nähe der Martyrer beerdigt zu werden. Oft wurden so in den Krypten zwischen den alten Grüften neue Grabhöhlungen an-

---

1) Sinnvoll werden die Sterbetage der Heiligen von der Kirche Geburtstage, Natalitien, genannt, denn mit ihnen beginnt erst das wahre Leben.

gebracht, wodurch die alten Wandgemälde theilweise zerstört wurden. Den spätern Archäologen brachte diese Sitte den Vortheil, daß sie auf diese Weise das Alter mancher Gräber und Grabkapellen ermitteln konnten. Doch scheint dieser Gebrauch bald nachgelassen zu haben. Schon Papst Damasus († 384) ließ sich eine eigene Grabkapelle errichten, um, wie er auf der von de' Rossi wieder aufgefundenen Inschrift erklärt, nicht die Ruhe der Heiligen zu stören:

« Sed cineres metui sanctos vexare piorum »

und nach dem Einfall der Gothen unter Alarich (410) kam das unterirdische Begräbniß nur noch als seltene Ausnahme vor.

Lange aber noch erhielt sich der fromme Brauch, an den Natalitien oder dem Todestage der in den Katakomben ruhenden Martyrer auf dem Grabe derselben das heilige Meßopfer darzubringen, und längere Zeit noch blieb diese altehrwürdige Stätte mit ihren Martyrergräbern und ihren heiligen Erinnerungen ein sehr besuchter Wallfahrtsort. Der heilige Hieronymus († 420) berichtet uns, wie er während seines Aufenthaltes in Rom mit seinen Altarsgenossen an Sonntagen die Gräber der Katakomben zu besuchen pflegte, und entwirft uns ein Bild von dem Zustande dieser Todtenstadt zu seiner Zeit, eine Schilderung, die auch jetzt noch zutrifft. „Da ich als Knabe zu Rom mich aufhielt, pflegte ich mit meinen Alters- und Studiengenossen an Sonntagen unter den Gräbern der Apostel und Martyrer herumzuwandern, in die Grüfte hinabzusteigen, wo in unterirdischen Tiefen der Hineintretende zwischen Leichen an beiden Wänden hindurchwandert. Da ist alles so dunkel, daß vollkommen das Wort des Propheten darauf paßt: Die Lebenden steigen hinab in die Unterwelt. Nur hie und da mildert ein Lichtstrahl von oben, nicht wie er durch ein Fenster einfällt, sondern blos wie er durch eine Ritze bringt, die schauerliche Finsterniß; sobald du vorwärts schreitest, erbleicht er, und in dem nächtlichen Dunkel, das dich umgibt, erinnerst du dich unwillkürlich der Worte Virgil's: „Ringsum Schauer und Schweigen erschütterte jedes Gemüth." Diese fromme Sitte erhielt sich auch in der Folgezeit. In dem Leben der heiligen Brigitta und der heiligen Catharina von Siena wird der andachtsvolle Besuch der Katakomben ausdrücklich erwähnt, desgleichen im Leben des heiligen Philippus Neri († 1505) und des h. Karl Borromäus († 1584). Doch war die Katakombe des heiligen Sebastian beinahe die einzige, welche fast durch alle Jahrhunderte ununterbrochen besucht wurde.

In den Stürmen der Völkerwanderung und bis ins achte Jahrhundert wurden diese heiligen Orte, wo die eindringenden feindlichen Horden Schätze zu finden hofften, durchwühlt, beraubt und verwüstet, ja größtentheils verschüttet. Andererseits ließen seit dem achten Jahrhundert die Päpste die Leiber der berühmtesten Heiligen und Martyrer, um sie der Profanation zu entziehen, ausgraben und in Kirchen innerhalb der Stadtmauern beisetzen. So geriethen diese altehrwürdigen Stätten allmählich ganz in Vergessenheit. Wiewohl alle kirchlichen Dokumente darauf hinwiesen, so war doch im sechzehnten Jahrhundert die Spur der meisten gänzlich verloren. [1)]

____

1) Als darum im Jahre 1578, beim Einsturz eines Theiles der

Gegen Ende desselben Jahrhunderts gelang es dem in Rom als Procurator der Malteserritter residirenden Advokaten Bosio mehrere der bedeutendsten Katakomben wieder aufzufinden. Er widmete seinen Untersuchungen, deren Früchte er in dem nach seinem Tode von Severano herausgegebenen Werke „Roma Soterranea" niedergelegt hat, die größte Zeit seines Lebens und sein ganzes Vermögen. Seine Forschungen wurden von Arringhi, Boldetti, Bottari, Marangoni u. A. und in der neuesten Zeit mit unermüdlichem Eifer von P. Marchi und de' Rossi [1]) fortgesetzt. Ueberhaupt nahmen diese Studien unter dem glorreich regierenden Papste Pius IX, welcher den Ausgrabungen die größte Theilnahme widmet und zu diesem Zwecke eine eigene Commission ernannt hat, den erfolgreichsten Aufschwung. Zur Popularisirung dieses Gegenstandes aber hat nicht wenig die vor einigen Jahren erschienene volksthümliche Erzählung von Cardinal Wiseman: „Fabiola oder die Kirche der Katakomben" beigetragen.

Straße vor der Porta Salaria, die Katakombe der h. Priscilla blosgelegt wurde, war die Stadt darüber erstaunt, wie uns ein Zeitgenosse, der gelehrte Baronius, berichtet, daß sie andere unbekannte Städte, Colonieen der Christen aus der Zeit der Verfolgung unter ihren Vorstädten verborgen fand.

1) De' Rossi hat die Resultate seiner langjährigen und ausdauernden Studien niedergelegt in den Werken: 1. Bolletino dell' Archeologia cristiana. 2. Inscriptiones christianæ urbis Romæ septimo sæculo antiquiores und besonders 3. in seiner Roma sotterranea. Tomo I. Roma, 1864.

II.

Die in den Katakomben aufgefundenen Geräthe, Inschriften, Gemälde und Sculpturen.

Meine Herren! Ich übergehe hier die in den Katakomben aufgefundenen Toilettgegenstände, die man den lieben Abgestorbenen mit in die Gruft gab oder womit man ihre Gräber bezeichnete oder schmückte, wie Ringe, Ohrgehänge, Medaillen, Spangen; weil sie nur dem Archäologen vom Fach einiges Interesse bieten. Zwei Gegenstände aber verdienen eine besondere Erwähnung: die gläsernen Gefäße und die Lampen. Die erstern haben bald die Form einer kleinen Phiole oder Flasche und dienten dann zur Aufbewahrung des Blutes der heiligen Martyrer, bald mehr oder minder die Gestalt eines Trinkglases; diese wurden meistentheils bei den sog. Agapen, den unter den ersten Christen bei Heiligenfesten, Tauf-, Hochzeits- und Leichenfeierlichkeiten üblichen gemeinschaftlichen Liebesmahlen gebraucht. Darauf deuten nicht unklar die Inschriften „Trinke, lebe, Pie, zeses, piete, zesete," (wir würden sagen: Wohl bekomm's, Zum Wohlsein), oder Dulcis anima vivas oder bibe et propina. In der mit einem Goldblatte belegten Bodenfläche sind u. a. die Bildnisse Christi oder der Apostel, der Mutter des Herrn oder eines Martyrers eingegraben.

Es zeigen diese mit einer Glasdecke überzogenen antik=christlichen Emailbilder — und das ist ihre hohe dogmatische Bedeutung — daß der Christus= und Heiligenkult mit der Wiege des Christenthums verwachsen war.

Insbesondere beurkunden sie, gleich den später zu erwähnenden Fresken und Inschriften, auf unumstößliche Weise den schon in der Kirche der Katakomben blühenden Mariencult. Meist ist darauf die Mutter des Herrn als die Fürsprecherin der Menschen in betender Stellung abgebildet. So sehen wir auf einem dieser Bilder in der Mitte die Apostelfürsten Petrus und Paulus, um welche sich folgende biblische Scenen gruppiren: Isaias, der Verkünder des großen, das neue Jerusalem oder die Kirche erleuchtenden Lichtes mit der Sonne und der Schriftrolle; über ihm die Jungfrau, auf die er zeigt, zwischen zwei Oelbäumen, den Sinnbildern des alten und neuen Bundes, betend, mit erhobenen Armen; dann der Tod des Isaias, der entkleidet und aufrecht in Kreuzesform stehend, von zwei Männern durchsägt wird: eine symbolische Hindeutung auf den Kreuzestod Christi; dann auf drei Bildern der Heiland selbst, den Stab für die zu seinen Füßen liegende eherne Schlange — das Sinnbild seines rettenden Kreuzopfers — emporrichtend, den Quell (der Gnade) dem Felsen (der Kirche) entlockend und die drei Jünglinge im Feuerofen, die Vorbilder der Auferstehung, mit dem Stabe errettend. Häufig zeichnete der Künstler mit seinem Grabstichel in das mittlere Medaillon der Bodenfläche die Portraits lebender Personen als Brustbilder, welche dann gewöhnlich mehrere biblische Scenen, wie Christus die drei Jünglinge im Feuerofen errettend und den Gichtbrüchigen heilend, Jonas mit

dem ihn verschlingenden Seefisch, die wunderbare Brodvermehrung oder dgl., umrahmen. (Siehe Abbildung
S. IX.)

Die irdenen, seltener bronzenen, L a m p e n zeigen nicht
undeutlich die Gestalt eines Nachens oder Schiffes und
sinnbilden wohl die die Nacht des Heidenthums mit ihrem
Lichte erleuchtende Kirche. Auf einer dieser Lampen, welche
gegenwärtig im Museum zu Florenz aufbewahrt wird,
sind die Apostelfürsten Petrus und Paulus abgebildet.
Der heilige Paulus steht aufrecht am Vordertheile des
Fahrzeuges und der das Schiff der Kirche leitende Petrus sitzt am Steuerruder desselben. Gewöhnlicher aber
sind diese Lampen, womit man das Dunkel der Katakomben zu erleuchten pflegte, mit einer blos symbolischen
Figur, einer Krone, Palme oder mit Lämmern, Tauben,
Fischen, Leuchtern oder auch mit den Anfangsbuchstaben
des Namens Christi — dem erwähnten Monogramme —
(siehe Abbild. S. IV Nr. 2-10) verziert.

Interessant und als Ausdruck des Glaubens der
ersten Jahrhunderte von hoher Bedeutung sind die auf
den Gräbern befindlichen I n s c h r i f t e n. Auffallender
Weise sind dieselben oft zur Hälfte in lateinischer, zur
Hälfte in griechischer Sprache abgefaßt. Wohl auch
sind die lateinischen Wörter mit griechischen Lettern,
oder umgekehrt, griechische Wörter mit lateinischen Buchstaben geschrieben. Meist beschränken sich diese Inschriften
auf die Angabe des Namens. Oft sind zugleich Alter,
Stand, Eigenschaften des Verstorbenen angegeben. Andere
offenbaren uns den lebendigen Glauben der ersten Jahrhunderte an die künftige Auferstehung, an die Gottheit Jesu
Christi, (doch stehen hier in der Regel nur die Anfangsbuch-

staben des Namens Christi;[1] andere bezeugen den Glauben an die Gemeinschaft der Heiligen, an die Macht der Fürsprache der Heiligen oder der Glieder der streitenden Kirche für die leidende. Ich lasse hier einige dieser Inschriften folgen:

Der Adeodata, der würdigen und verdienstvollen Jungfrau; hier ruht sie in Friede auf Geheiß ihres Christ.

Adeodáte dignæ et meritæ virgini; et quiesci hic in pace, jubente X. ejus. (Im Muf. des Lateran.)

Paulus der Exorcist, begraben unter den Martyrern. Paulus exorcista depositus [2] Martyries (in der Kat. des heiligen Callistus.) —

Hier ruht Andragathus, der Grieche, ein Katechumen. —

Hier ruhen zwei unschuldige Brüder, Constantius, ein Neophyt, und Justus, einer der Gläubigen. —

Demetrius und Leoncia, ihrer verdienstvollen Tochter Syrica. Sei, o Herr, unseres Kindes eingedenk. —

Meiner wohlverdienten Schwester Bon (ona). Sie starb den 8. Tag vor den Kalenden des November. Möge der Christ, der allmächtige Gott, deine Seele in Christus erfrischen.

Benemerenti sorori Bon . . . . . VIII Kal. Nob.

---

1) Gewöhnlich das Monogramm Abb. S. **IV.** Nr. 4.

2) Der Verstorbene war nach dem Glauben der Kirche nur beponirt, da er seiner künftigen Auferstehung entgegenharrte.

Δεους χριστους ομνιποτες
σπιριτ... του... ρεφ... ιγερε... ιν X. —

Regina, mögest du leben im Herrn Jesus. — Hyle, lebe im Frieden in Christus dem Gotte. — Gott, der du zur Rechten des Vaters sitzest, setze an den Ort deiner Heiligen die Seele des Nectarius. —

Das ewige Licht (werde) dir Thimothea in Christus. Sie lebte 13 Jahre und 8 Monate in Friede. Sie wurde begraben den siebenten Tag vor den Jdus des Augustus.

Aeternà tibi lux Timothea in X. quæ vixit ann. XIII mens. VIII in pace. .... os VII id. aug. —

Zosima, lebe im Namen Christi. —

Ruta, die gegen Jeden unterwürfige und leutselige, wird im Namen Petri im Frieden Christi leben.

Ruta omnibus subdita et affabilis.

Bibet in nomine Petri in pace Xτι. —

Heilige [1]) Bassila, wir Crescentius und Micina wir empfehlen dir unsere Tochter Crescentia... ꝛc. —

Dionysius, unschuldiges Kindlein, ruhe hier unter den Heiligen; erinnere dich unser in deinen heiligen Gebeten. —

Den ungleich bedeutendsten und interessantesten Theil dieser christlichen Alterthümer bilden die Wandgemälde al fresco in den Familiengrüften oder Grabkapellen. Diese Grab-

---

1) Eigentlich Herrin (domina). Ursprünglich legte man den Heiligen den Ehrentitel dominus, domina Herr, Herrin bei, aber schon im dritten Jahrhundert kam die Bezeichnung sanctus, sancta „Heiliger", „Heilige" auf.

gemächer sind mit Kalk belegt und geglättet, die Decke
bildet eine Art Kuppel und ringsherum sind Nischen an=
gebracht. An diese Form lehnt sich auch die Dekoration.
Decke und Nischen sind mit Gemälden verziert, seltener die
Seitenwände des Gemaches. Die Decke wird durch
Blumengewinde, Arabesken oder symbolische Figuren
in vier Felder eingetheilt, welche ein anderes grö=
größeres in runder Form umschließen. Dieses mittlere Feld
enthält eine Hauptfigur oder eine aus mehrern Personen
bestehende Scene, mitunter ein Brustbild. Die vier her=
umlaufenden Felder stellen Gegenstände der Bibel dar,
und zwar wird in der Regel einer Scene aus dem A. T.
eine entsprechende Scene aus dem neuen Bunde entgegenge=
stellt. Von heidnischen Figuren bemerkt man an einzelnen
Stellen Orpheus, hier als allegorische Darstellung des
wunderthätigen Heilandes, und die Sybilla, der man,
wie später dem „Heidenmann Virgilius“ eine Prophezeihung
auf den Messias zuschrieb. Solche allegorische Darstellungen,
an welche die Künstler gewohnt waren, konnten von der
Kirche geduldet werden, sobald sie aller specifisch heidnischen
Idee entkleidet waren. So erscheint auch, aber zur bloßen
Ornamentik dienend, als symbolische Darstellung der
Unsterblichkeit der Pfau, häufiger jedoch die Taube mit
dem Oel= oder Palmzweig, ein Sinnbild der nach
glorreichem Kampfe im Frieden hingeschiedenen Seele. (S.
Abb. S. VI, Nr. 4-6.)

Die stereotyp wiederkehrenden Scenen aus der Bibel
sind: die Geschichte des Propheten Jonas, die drei Knaben
im Feuerofen (Abb. S. I, Nr. 1), Daniel in der Löwen=
grube, die Heilung des Gichtbrüchigen, die Auferweckung
des Lazarus, das erste Wunder Christi (auf der Hochzeit

zu Kana), die wunderbare Speisung der Viertausend mit
sieben Broden und einigen Fischen, Bilder, welche fortwäh=
rend die in Todesgefahr schwebenden Christen an Gottes
allmächtigen Schutz und die künftige Auferstehung erinner=
ten. Die spätestens aus dem vierten Jahrhundert herrüh=
renden apostolischen Constitutionen fassen diese Darstellun=
gen und deren tiefe Bedeutung in folgenden Worten zu=
sammen: „Wir glauben an die künftige Auferstehung, weil
der Herr selbst auferstanden ist. Denn Christus, welcher
den Lazarus auferweckt hat, welcher den Jonas lebend
aus dem Bauche des Fisches und die drei Knа=
ben aus dem Feuerofen zu Babylon und den Daniel
aus der Löwengrube hervorgehen ließ, dem gebricht es
nicht an Macht, auch uns wieder aufzuerwecken. Derjenige,
welcher den Gichtbrüchigen einhergehen machte, und dem
Blindgebornen das, was ihm mangelte, wiedergab,
derselbe wird auch uns zum Leben wieder erwecken. Der mit
fünf Broden und zwei Fischen fünftausend Menschen
sättigte, und Wasser in Wein verwandelte, der wird
auch die dem Tode Entrissenen dem Leben wiedergeben." —
Von alttestamentlichen Scenen finden sich hier außerdem Mo=
ses, mit dem Stabe an den Felsen Horeb schlagend oder
die Gesetzestafeln aus der Hand des Herrn empfangend,
(s. Abb. S. VI, Nr. 1 u. S. VII, Nr. 1), Noe in der
Arche (s. Abb. S. VIII, Nr. 1), die Aufopferung Isaaks durch
Abraham (s. Abb. S. VII, Nr. 2), der brennende
Dornbusch, die Gesetzgebung auf Sinai, Adam und Eva,
am Baume der Erkenntniß stehend, um den sich die ver=
führerische Schlange windet, die Himmelfahrt des Elias,
David mit der Schleuder, Job in seinen Leiden. Manche
dieser Darstellungen hatten außer ihrer eigentlichen Bedeu=

tung noch einen allegorischen Sinn. Noe, Isaak sowie David wurden jeder Zeit in der Kirche als Vorbilder des Messias angesehen.

Oft aber auch sinnbildet Noe in seiner Arche den Christen auf dem sturmbewegten Lebensmeere, über das ihn die Arche der Kirche zu sicherer Rettung leitet. Den Abbildungen des Jonas liegt oft dieselbe Idee zu Grunde. Das auf stürmender See herumtreibende Fahrzeug ist das Schiff der Kirche; daher Segelstange, Steuer oder Mast mit dem Kreuz, dem Fisch oder Monogramme Christi, oder der Taube, dem Sinnbild des heiligen Geistes, verziert sind: gewiß ein sehr sinnreiches Symbol der mühe- und gefahrvollen Lage der streitenden Kirche und des sie begleitenden göttlichen Schutzes. Aber wie Jonas zugleich ein Vorbild nicht blos des verstorbenen und wieder auferstandenen Heilandes, sondern des Todes und der Auferstehung jedes Christen war, so wurde auch Noe von dem christlichen Künstler als Sinn- und Vorbild des Gläubigen dargestellt, der aus der irdischen Kirche, in der er im Frieden hingeschieden, sich zur Auferstehung und zum ewigen Leben emporhebt. Daher statt des Schiffes oft nur ein halbgeöffneter Kasten (oder gar nur ein Faß), aus dem Noe mit halbem Leibe hervorragt, die Arme zum Gebete erhoben, über ihm nicht selten die Taube, hier als Sinnbild der hinscheidenden Seele. (Siehe Abbild. S. VIII, Nr. 2). So wird das Leben auf Erden und das Grab zusammengestellt und verwechselt, denn für den christlichen Gottesstreiter, der sich nach der ewigen Heimath sehnt, ist das Leben auf Erden mehr ein Tod als ein Leben zu nennen. — Unter Moses, einem andern Vorbilde Christi, haben wir uns insgemein Niemand anders zu denken, als den die Stelle

Christi vertretenden Petrus. So in der Darstellung vom brennenden Dornbusch, vor welchem Moses aus Ehrfurcht die Schuhe löst, indeß über ihm Gottes Hand aus den Wolken ragt; so in der Gesetzgebung auf Sinai, wo er die Tafeln des alten Bundes empfängt, Petri Berufung zum Verkünder und Interpreten des neuen Gesetzes sinnbildend; so endlich in der Darstellung Moses am Felsen, bei der wunderbaren Tränkung des Volkes in der Wüste. Auffallend ist insbesondere die letzte dieser Abbildungen. Wie Moses aus dem Felsen Horeb den Wasserquell schlägt, so entlockt der Moses des neuen Bundes, Petrus, dem Felsen der Kirche den die Menschen in der Wüste des Lebens zum Heil führenden Gnadenstrom. Wir sehen einen Mann neben einem Felsen stehend, den er mit seinem Stabe berührt, und aus dem Felsen sprudelt der Wasserquell. Der Quell wird zum Strom, an dem ein Fischer mit der Angel sitzt und fischt. Es ist Petrus, den der Herr am See Genezareth für seinen Glauben und sein Vertrauen zum Menschenfischer gemacht. „Von nun an sollst du Menschenfischer werden." Ueber einer dieser Darstellungen steht sogar der Name Petrus als Aufschrift und auf einer andern bemerkte ich nach genauerer Betrachtung, wie statt der Fische Menschenköpfe aus dem Wasser hervortauchen. So ist dieses Bild eine recht plastische und zugleich sehr sinnreiche Darstellung der Taufgnade, die den Menschen durch die in Petrus symbolisirte Kirche mitgetheilt wird. Daher folgt in einer Grabkapelle des heiligen Callistus auf dieses Bild die Darstellung der Taufe selbst, welche hier durch Aufgießung geschieht, indem der Täufer eine mit Wasser gefüllte Schaale über dem Haupte des Täuflings ausgießt. — Die Heilung des Gichtbrüch-

igen wurde zur symbolischen Darstellung der Sündennach-
laſſung benutzt. Es lag die Veranlaſſung ſehr nahe. Bei
Math. IX, 2 ſpricht Chriſtus zu dem Gichtbrüchigen:
„Sei getroſt, mein Sohn, deine Sünden ſind dir vergeben. Als ſich deshalb die Schriftgelehrten über ihn ärger-
ten, da fragte er ſie: Was iſt leichter zu ſagen: Deine
Sünden ſind dir vergeben, oder zu ſagen: Steh' auf,
nimm dein Bett und wandle herum. Damit ihr aber
wiſſet, daß der Menſchenſohn die Macht habe, die Sünden zu vergeben auf Erden, ſo — ſprach er zu dem Gichtbrüchigen — ſtehe auf, nimm dein Bett und gehe in dein
Haus. Merkwürdiger noch iſt die ſymboliſche Darſtellung
des Altarſakramentes. Auf einem in den Katakomben des
heiligen Calliſtus mehrere Male wiederkehrenden Bilde
ſehen wir ſieben Männer — nach altrömiſcher Sitte am
Tiſche liegend — beim Mahle, das aus einem auf einer
Schüſſel liegenden Fiſche beſteht, und vor dem Tiſche er-
blicken wir ſieben mit Brödchen gefüllte Körbe. Der
Heide würde in dieſem Bilde nichts anderes als ein ge-
wöhnliches, wenn auch frugales, Mahl erblickt haben, der
chriſtliche Archäologe aber erkennt unter der Hülle des
Symbols eines der Hauptgeheimniſſe des chriſtlichen Glaubens. Unter der Geſtalt des Fiſches pflegte man Chriſtus darzuſtellen. Die Veranlaſſung gab zunächſt die Bibel
ſelbſt. Durch den Fiſch erhielt der Vater des Tobias die
Sehkraft wieder, wie die im Heidenthum erblindete Menſch-
heit durch Chriſtus. Mit einigen Fiſchen und ſieben Broden ſpeiſte Chriſtus die viertauſend Menſchen, die ihm in
die Wüſte am galiläiſchen Meere gefolgt waren [1]), und

---

1) Aehnlich die Speiſung der Fünftauſend mit zwei Broden und
fünf Fiſchen (Math. 14, 17 ff.)

von den übriggebliebenen Stücken hob man noch sieben Körbe voll auf (Matth. 15, 32 ff.); so vervielfältigt sich Christus im Altarssakramente, Tausende und aber Tausende speisend und nährend, ohne daß die Himmelsspeise erschöpft werde. Auf diese wunderbare Brodvermehrung in der Wüste, welche, wie auch der heilige Augustin erklärt, unverkennbar einen symbolischen Bezug auf die heilige Kommunion hatte, erinnert in dem eben angeführten Bilde die Siebenzahl der Personen und der vor dem Tische stehenden Körbe. Ein anderer Grund dieser Symbolik lag in der griechischen Bezeichnung des Fisches, in dem Worte ΙΧΘΥΣ, welches die Anfangsbuchstaben folgender Worte enthält: Ἰησοῦς Χριστὸς Θεοῦ Υἱὸς Σωτήρ (Jesus Christus, Sohn Gottes, Heiland). In einem Grabgemache der eben erwähnten Katakombe des h. Callistus, nicht weit vom Grabe des h. Cornelius, auf einem Bilde, welches aller Wahrscheinlichkeit nach aus der ersten Hälfte des dritten Jahrhunderts stammt, sah ich die Darstellung eines lebenden Fisches, welcher auf dem Rücken einen mit Brödchen gefüllten Korb trägt.¹) Das Bild erinnert an eine Stelle beim heiligen Hieronymus, welcher zu den Schätzen des Bischofs rechnet „den Leib des Herrn in einem binsengeflochtenen Körbchen und das mit Blut gefüllte gläserne Gefäß (corpus Domini in canistro vimineo et sanguis in vitro)." (S. Abb. S. VI, Nr. 2). In derselben Katakombe sah ich auf einer Freske einen Fisch an einem eisernen dreizackigen Spieße. Hier repräsentirt der Fisch den sterbenden Gottmenschen, der Spieß das Kreuz, dessen

---

1) Oben im Korbe bemerkt man auf dem Wandgemälde sehr deutlich einen rothen Fleck, womit der Künstler ohne Zweifel ein mit Rothwein gefülltes Glas bezeichnen wollte.

Gestalt er annähernd darstellt (siehe Abbildung S. VI, Nr. 3) fürwahr! eine für uns sehr auffallende Darstellung Christi am Kreuze. Gleichfalls in derselben Grabkapelle, neben der Darstellung der wunderbaren Speisung der Fünftausend, bemerken wir auf einem dreifüßigen Opfertische ein Brod und eine Schüssel mit einem Fisch. Auf der einen Seite steht eine Frau in betender Stellung, auf der andern ein Priester, den das Pallium — die Kleidung der ersten christlichen Geistlichen — als solchen kennzeichnet und der die beiden Hände gleichsam segnend gegen das Brod und die Schüssel hin ausbreitet. Es ist die symbolische Darstellung des eucharistischen Opfers, auf welche zugleich die daneben stehende Darstellung des Opfers Isaaks — das bekannte Vorbild des Kreuz- und Meßopfers — unbezweifelbar hinweist.

Sie werden fragen, meine Herren, wozu diese sonderbare Symbolik? Warum hat der christliche Künstler die Sakramente und überhaupt die Gegenstände des Glaubens und der Verehrung nicht auf eine Weise dargestellt, daß sie jeder, auch der Uneingeweihte, verstehen könnte? — Der Grund lag in den damaligen Verhältnissen der christlichen Kirche, welche jeden Tag neue Verfolgungen zu gewärtigen hatte. Man mußte, wenn man der so wirksamen Anregung durch bildliche Darstellungen nicht lieber ganz entrathen wollte, auf Mittel sinnen, die Gläubigen unnöthiger Verfolgung und die Gegenstände ihrer Anbetung der heidnischen Profanation zu entziehen. Man bediente sich zu diesem Zwecke bei mündlichen wie plastischen Darstellungen der sogenannten Geheim- oder Arkandisciplin: es war der durch ausdrückliche Vorschrift eingeführte Gebrauch der ersten Kirche, die Geheimnisse ihres Glaubens und ihres Cultus nur den

Eingeweihten, d. h. den wirklichen Glaubensgenossen, mit=
zutheilen.

Daher finden wir nirgend, außer im Gewande
symbolischer Darstellung, die Kreuzigung Christi abgebildet,
wohl aber Christus unter den Schriftgelehrten oder um=
ringt von seinen Aposteln oder zwischen den beiden Apo=
stelfürsten Petrus und Paulus, weil diese Bilder, deren
Sinn den Heiden ohnehin entging, nichts Verfängliches hatten.
Auch für den schon in den ersten Jahrhunderten so bevor=
zugten Mariencult legen diese Fresken Zeugniß ab, hierin
mit den erwähnten Emailbildern und plastischen Darstellungen
genau übereinstimmend. Das eine Mal steht Maria da als
die Vermittlerin und Fürsprecherin der Menschen, be=
tend mit erhobenen Armen, das andere Mal sitzt sie als
die glorreiche Mutter des Herrn auf dem Throne. Beson=
ders reich an marianischen Bildern ist die aus der aposto=
lischen Zeit herrührende Katakombe der heiligen Priscilla.
Bald sehen wir hier die zur Gottesmutter Erkorene die
Botschaft des Engels entgegennehmend, bald die Mutter
mit dem Jesuskindlein und dem Stern von Bethlehem,
bald mit Joseph und dem zwölfjährigen Jesusknaben im
Tempel zu Jerusalem. Eines dieser Bilder, dessen klassische
Ausführung über sein hohes Alter keinen Zweifel gestat=
tet [1]), stellt die Madonna mit dem göttlichen Kinde dar,
während zur Seite Isaias, ihr Verkünder, steht, der in
der Linken die große Bücherrolle hält und mit der Rech=
ten auf die jungfräuliche Gottesmutter zeigt.

----

1) Nach dem auf unumstößlichen Gründen beruhenden Urtheil de'
Rossi's muß es zwischen den Jahren 50 und 150 nach Christi Geburt
gemalt worden sein. (S. de' Rossi's Schrift: Imagine scelte della B.
Virgine Maria tratte dalle Catacombe Romane. Roma. 1863.)

Genau dieselbe Bewandtniß wie mit den Fresken hat es mit den Sculpturbildern, welche in den Katakomben gefunden wurden: nur daß die Wahl der dargestellten Gegenstände reichhaltiger, ihre Auffassung und Darstellung mannigfaltiger ist.

Bemerkenswerth und ein lautsprechender Beweis für den schon in der Erstlingskirche anerkannten Primat Petri ist die bevorzugte Stellung, welche der Apostelfürst auf diesen Bildern einnimmt. So führt, um nur dieser einen Auszeichnung zu erwähnen, Petrus allein neben Christus — und diese constant wiederkehrende Bevorzugung kann keine zufällige Erscheinung sein — den Hirtenstab als Symbol der Herrschergewalt. Auch für die Geschichte des Marienkultes sind diese Sculpturbilder sehr belangreich. Ich muß mich auch hier, um nicht über die engen Grenzen eines Vortrages, der nur orientiren soll, hinauszugehen, auf das eine oder andere Beispiel beschränken. Ein sehr alter marmorner Sarkophag, der uns leider nur zum Theil erhalten blieb, zeigt uns die heilige Familie im Stalle zu Bethlehem. Vor Maria und Joseph liegt das göttliche Kind in der Krippe, einem korbähnlichen Behältniß, in Windeltücher eingewickelt, darüber der Stern, der die drei Fürsten aus dem Oriente mit ihren mystisch-symbolischen Geschenken zur Wiege des neugeborenen Königs der Juden geleitet hat. (S. Abb. S. X, Nr. 2). Auf einem andern antik-christlichen Grabmale sitzt im obern Felde links auf dem Throne Gott der Vater, dem der Sohn das eben erschaffene Menschenpaar zuführt, indeß der heilige Geist, die dritte der als Greise abgebildeten göttlichen Personen, die Hand auf die Lehne des Thrones stützt. Im untern Felde sitzt gleichfalls auf einem Throne, über

welchem jedoch der Baldachin fehlt, Maria, auf dem
Schooße das Gotteskind tragend, dem die Waisen aus
dem Morgenlande ihre Huldigung und ihre Gaben darbrin-
gen. — Mannichfach ist auch hier die Darstellung des Gottmenschen selbst. Wie auf den christlichen Gemälden, so erscheint
auf diesen plastischen Bildern Christus meist in der Gestalt
des guten Hirten, wie er das eine verlorene Schaf aufsucht
und es auf seiner Schulter der Heerde wieder zuträgt.
Auffallender Weise ist zuweilen das Schaf durch einen
Schafbock ersetzt, mitunter auch sieht man zur Linken des
guten Hirten ein Schaf, zur Rechten den Bock. Es sollte
das die unendliche Liebe des Heilandes gegenüber dem
Sünder ausdrücken, über dessen Bekehrung ja, wie die
heilige Schrift sagt, im Himmel mehr Freude ist als über
die neun und neunzig, welche der Buße nicht bedürfen.
Zugleich war diese Darstellung ein Protest gegen die im
zweiten Jahrhundert aufgekommene Irrlehre der Monta-
nisten, welche in ihrer übertriebenen Strenge die Behaup-
tung aufstellten, gewisse schwere Todsünden schlössen für
immer von der christlichen Gemeinschaft und somit von der
Erbarmung Gottes aus.

III.

Entstehung der Katakomben.

Seit Bosio, dem verdienstvollen Entdecker der römischen Katakomben im sechzehnten Jahrhundert, hatte sich
unter den Gelehrten die Ansicht verbreitet, diese unterirdischen Gänge seien nichts anderes als die alten Arena-

rien, Sand= und Puzzolangruben, aus welchen schon die heidnischen Römer ihre Baumaterialien hergenommen hätten: diese seien später von den Christen zu Begräbnißstätten und religiösen Versammlungsorten benutzt worden.

Wie genügend auch diese Erklärung auf den ersten Blick zu sein scheint, so wird sie doch nach den neuesten, von P. Marchi und Cavaliere de' Rossi über diese Frage angestellten Forschungen von den christlichen Archäologen, die sich eingehend mit diesem Gegenstande befaßt, vollständig aufgegeben und man muß, wie der Correspondant und die Revue des deux Mondes sehr richtig bemerken, allem dem, was seit fünfzig Jahren auf diesem Felde archäologischer Forschung geschehen ist, durchaus fremd ein, wenn man noch an der frühern Ansicht festhält. Solcher Stein= und Sandgruben gibt es noch jetzt in Rom sehr viele und hat es dort seit undenklichen Zeiten gegeben. Cicero, Suetonius erwähnen derselben. Diese Stein= und Sandgruben müssen aber von den christlichen Katakomben wohl unterschieden werden:

1. Sie sind so weit, daß die Sclaven und Lastthiere bequem mit den Karren und Wagen, die zu ihrer Ausbeutung verwendet wurden, ein= und ausfahren konnten, da sie eine Breite von zehn bis zwanzig Fuß haben, während die Katakombengänge durchgehends nur drei Fuß breit, zuweilen noch enger sind. Zudem sind die Katakombengallerien sehr regelmäßig gebaut, ihre Wände senkrecht, auf das vollkommenste für den Zweck eingerichtet, eine möglichst große Anzahl von Gräbern zu umschließen. Die Gruben dagegen bieten in ihrer Struktur die größten Unregelmäßigkeiten dar, war diese doch nur darauf

berechnet, aus denselben die möglichst große Masse von Sand oder Steinen zu gewinnen. Es wäre also wohl möglich, einer Katakombengallerie die Form einer Sand- oder Steingrube zu geben, aber nicht umgekehrt eine Sand- oder Steingrube zu der Form einer Katakomben- gallerie umzugestalten. Doch konnten die alten Arenarien — wenigstens zur Zeit der Verfolgung — als versteckte Ein- gänge zu den Katakomben und zur bequemen heimlichen Wegschaffung des von den Ausgrabungen der Katakomben- gänge und Gräber herrührenden Schuttes dienen. Daher einzelne Katakomben sich an ein solches anlehnen, wie das Cömeterium der heiligen Agnes, welches mit einem antiken Arenarium durch Stiegen und einen graden Stollen in Verbindung steht. Doch sieht man hier, wie in der Katakombe der Priscilla (siehe Abb. S. V.), wo eine Puzzolangrube theilweise bei Anlegung des Cöme- terium's verwerthet wurde, daß der Katakombenbau in seiner architektonischen Anlage von dem Bau einer Sand- und Steingrube durchaus abweicht und es keiner schar- fen Beobachtung bedarf, um die von den Christen an- gelegten Gänge von den früher vorhandenen zu unter- scheiden. (Vergleiche Abbildungen S. IV, Nr. 1 und S. V).

2. Auch ist die Bodenbeschaffenheit in beiden Gat- tungen von Gängen eine sehr verschiedene. Die vulkanische Bodenformation der römischen Campagna ist nämlich dreifacher Art. Bald besteht sie aus einem festen, stein- artigen Tuff (tufo litoide), der sehr hart und rauh ist und sehr lohnend zu Bauten verwendet wird, bald aus einem feinen, trockenen, körnigen Sand, der sogen. Puzzo-

lanerde (Puzzolana), welche, mit dem Kalk vermischt, einen ausgezeichneten Mörtel liefert, und endlich aus dem festzusammenhängenden körnigen aber weichen Tuff (tufo granolare), in welchem die Katakombengallerien ausgehöhlt sind. Dieser letztere ist als Baumaterial zu weich, zerbröckelt zu leicht und kann auch wegen häufiger Beimischung von Erdtheilen nicht gut als Bausand verwerthet werden, jedenfalls müßte er dazu vorerst zermalmt und zerrieben werden und stände auch dann der Puzzolanerde an Werth und Brauchbarkeit bedeutend nach. Nun sind aber die christlichen unterirdischen Friedhöfe gerade in der minder werthvollen Erdschichte, dem tufo granulare, ausgehöhlt, wohl deßhalb, weil sich dieser wegen seiner Eigenschaften am wenigsten zu Bauwerken, am besten aber zur Anlegung von Katakombengängen eignet.

Zur endgültigen Lösung unserer Frage hat u. A. ein in neuester Zeit in Basel aufgefundenes alt-römisches Testament wesentlich beigetragen. Der Erblasser trifft darin Anordnungen über seine Beerdigung, die uns sowohl über den Bau der römischen Gräber als über die damit in Verbindung stehenden gesetzlichen Einrichtungen umständlichen Aufschluß geben. Das Grab soll zunächst aus einer Kapelle (cella) bestehen, an welche sich ein halbkreisförmiger Ausbau (exedra) anlehnen soll. In letzterem sollen sich u. A. zwei Statuen des Verstorbenem und zwei marmorne Sitze befinden, sowie Teppiche, Kissen und Decken für die Gäste, welche den zwei Mal jährlich zu veranstaltenden Leichenmählern beiwohnen. Bei dieser Todtenfeier soll auf dem vor der cella und der exedra errichteten Altar, welcher die Asche des Verstorbenen enthalten wird, Opfer dargebracht werden.¹) Das Ganze soll von einem Baumgarten umschlossen sein, welcher gleich der Kapelle und ihrer Absis für unveräußerlich erklärt wird.²) Zu den Kosten der Leichenmähler haben die Freigelassenen des Erblassers beizutragen, welche auch die Curatoren ernennen, die mit der Sammlung dieser Beiträge und der Veranstaltung der Leichenmähler beauftragt sind. Diese Curatoren, welchen überhaupt die Hut und der Unterhalt dieser Begräbnißstätten oblag, hatten in Rom eine gesetzliche Existenz.

Man sieht, diese legalen Bestimmungen und Einrichtungen brauchten die Christen nur zu benutzen, um auch ihre Gräber unter den Schutz der Gesetze zu stellen. Reichere Römer ließen sich auf ihrem Eigenthum und zwar, den Staatsgesetzen entsprechend, außerhalb der Ringmauern der Stadt solche Grabkapellen errichten, wo sich die Christen ungestört zu Leichenmählern, Agapen und wohl auch zur Feier der heiligen Geheimnisse versammeln konnten. Unter dem zur Grabkapelle gehörenden Felde (area, fundus), Wein- oder Baumgarten, dessen Unverletzlichkeit und Unveräußerlichkeit die römischen Gesetze anerkannten, ließen sie Leichengrüfte oder Krypten ausgraben

---

¹) Die Römer pflegten die Leichen zu verbrennen und die Asche in einer Urne aufzubewahren. Doch kam, besonders in der spätern Zeit, auch die Bestattung der Leichname vor, welche in Grüften beigesetzt wurden. Die Verbrennung und Bestattung aber mußte nach dem Zwölftafelgesetz außerhalb der Ringmauern der Stadt geschehen. Hier befanden sich die prachtvollen Grabmonumente reicher Römer (besonders längs der appischen Straße), die Familiengräber und Grabstätten für die Unbemittelten (Columbarien), welche von den Reichen auch für die Freigelassenen und Sklaven des Hauses errichtet wurden. Doch ließ man die Letztern und die Armen oft auch unbeerdigt auf dem Esquilin verwesen.

²) Der Flächeninhalt dieser Gärten betrug zuweilen bis an drei römische Jugera = 74 Ares.

für sich und ihre Glaubensgenossen. 1) Daher lesen wir so oft in den Akten oder der Lebensgeschichte berühmter Martyrer, daß sie dieser oder jener reiche Römer, diese oder jene reiche Matrone in ihrem Felde oder Garten begraben habe.

Waren solche Krypten oder unterirdische Gänge mit Leichen angefüllt, so wurden, um nicht die Grenzmarke der gesetzlichen Bestimmungen zu überschreiten und in fremdes Eigenthum überzugreifen, unter denselben neue Gallerien angelegt. Daher finden sich an einzelnen Stellen dieser altchristlichen Gottesäcker zwei, drei, vier, mitunter fünf solcher stufenweise übereinander liegender Gänge, von welchen die obersten nur sieben bis acht, die untersten aber bis fünf und zwanzig Meter vom Boden entfernt sind. Mitunter stießen mehrere solcher Todtenäcker zusammen und wurden dann miteinander vereinigt. De' Rossi hat in den von ihm aufgenommenen Plänen nachgewiesen, daß die Katakomben, wenn man von den spätern Erweiterungen absieht, einzelne Gruppen von Gallerien bilden, deren Form sich auf eine regelmäßige geometrische Figur zurückführen läßt. Wir müssen also wohl mit P. Marchi und de' Rossi zu der Ueberzeugung gelangen, daß die Katakomben ursprünglich von den Christen selbst und zwar zu dem Zwecke, wozu sie dieselbe gebrauchten, angelegt worden sind. Während

---

1) Das Grab der Scipionen an der appischen Straße und die vor Kurzem erst wieder aufgefundenen unterirdischen Grabstätten an der **Via Latina** lassen keinen Zweifel darüber, daß auch schon die heidnischen Römer oft die Leichname in Grüften, die in den Tuff eingehauen waren, beisetzen ließen. Diese Gräber mochten wohl den Christen zunächst als Vorbild dienen, wie denn auch erweislich die Juden in Rom solche unterirdische Friedhöfe besaßen.

oft von den heidnischen Römern die Leichname der Sclaven und Armen als der Beachtung unwürdige Gegenstände unbedeckt und unbestattet auf freiem Felde — in den berüchtigten Puticoli auf dem Esquilin — der Verwesung preisgegeben wurden, sah der Christ in der Leiche jedes, auch des ärmsten, seiner Brüder die geheiligte sterbliche Hülle eines nach Gottes Ebenbilde erschaffenen unsterblichen Geistes, an dessen ewiger Verherrlichung auch sie im Glanze künftiger Verklärung theilnehmen soll. War aber in den Augen der Christen die Bestattung ihrer Todten eine Gott wohlgefällige Handlung, welche die Kirche jederzeit zu den Werken leiblicher Barmherzigkeit gerechnet hat, so wuchs noch das Verdienst dieses Werkes, wenn es der Leiche eines heiligen Martyrers galt. Daher der rege Wetteifer in der Bestattung der im ruhmvollen Martyrertode entschlafenen Brüder und Schwestern, deren Leichname man oft mit Todesgefahr der heidnischen Profanation entriß. Hat doch — wie uns die kirchlichen Urkunden berichten — der heilige Papst Simplician mehr denn dreihundert, die heiligen Schwestern Praxedis und Pudentiana sogar dreitausend solcher heiligen Leichname bestattet!

Daher die Anlegung dieser unterirdischen Todtenstadt, um für die würdige Beerdigung so vieler Opfer heidnischer Tyrannei Raum zu gewinnen und alle im Herrn entschlafenen Glaubensgenossen in geweihter Erde zu bestatten. Freilich bedurfte es zur Ausführung einer so riesigen Arbeit des Aufgebotes bedeutender Kräfte, allein diese fanden sich in Rom unter den Christen selbst. So wie die Kirche, je nach den Bedürfnissen der Zeit, besondere Anstalten, Vereine und Verbrüderungen ins Leben ruft, so bildete sich auch in den ersten Jahrhunderten der Christenverfolgungen, in welchen die römische Erde mit dem Blute zahlloser christlicher Bekenner getränkt wurde, eine eigene Bruderschaft oder Corporation, die sogen. Fossores oder fossarii d. i. Todtengräber, welche sich zur Ausübung dieses Werkes leiblicher Barmherzigkeit in wahrhaft christlicher Opferwilligkeit zusammenthaten.

Freilich schützten diese legalen Verhältnisse die christlichen Kirchhöfe nicht immer vor der Wuth des heidnischen Pöbels oder den Uebergriffen der kaiserlichen Macht. Oft wurden die Christen an den Gräbern ihrer Lieben oder heiligen Martyrer von heidnischen Spähern ergriffen oder getödtet. Ein ander Mal verboten ihnen die römischen Imperatoren den Eintritt in die Katakomben oder nahmen diese zeitweilig für den Fiskus in Beschlag. So geschah dieses schon vor Gallienus, so geschah es unter Diocletian und Maximian, aber diese Maßnahmen können, wie ich schon oben angedeutet, nur als Ausnahmen von der Regel betrachtet werden: im Allgemeinen standen die christlichen Grabstätten wie die heidnischen unter dem Schutze des allgemeinen Rechtes.

Daher schrieb Gallienus den Bischöfen, sie könnten in den Besitz ihrer Kirchhöfe wieder eintreten, und Maxentius fand sich veranlaßt, den Christen die ihnen von Diocletian und Maximian entrissenen Cömeterien zurückzuerstatten.

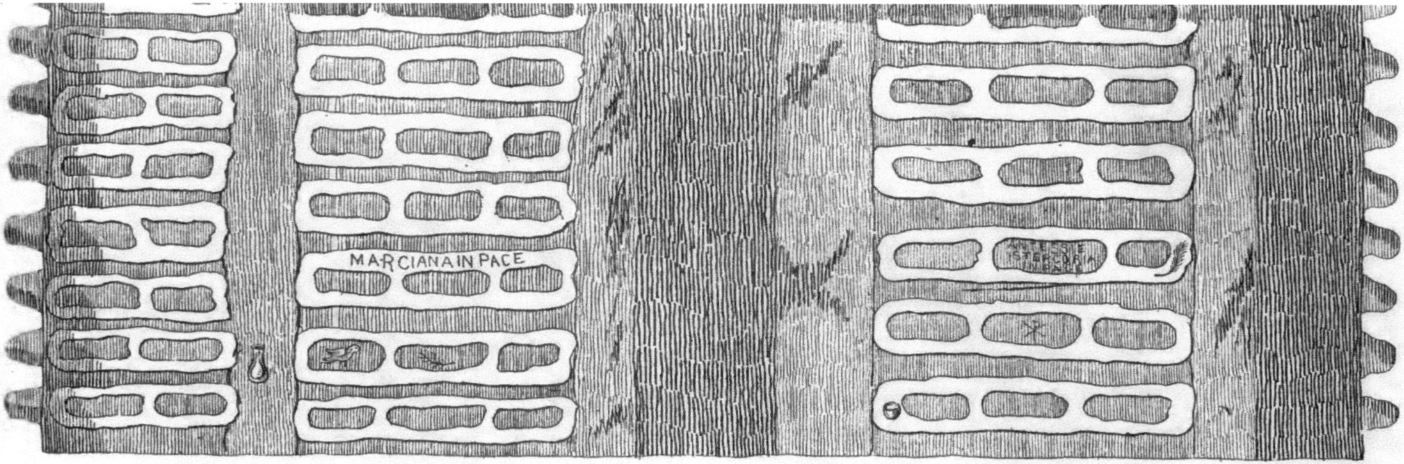

Seitenwand der Katacomben = Gänge.

2.

Meter 1 2 3 4 5

Theil eines Katacomben = Ganges.

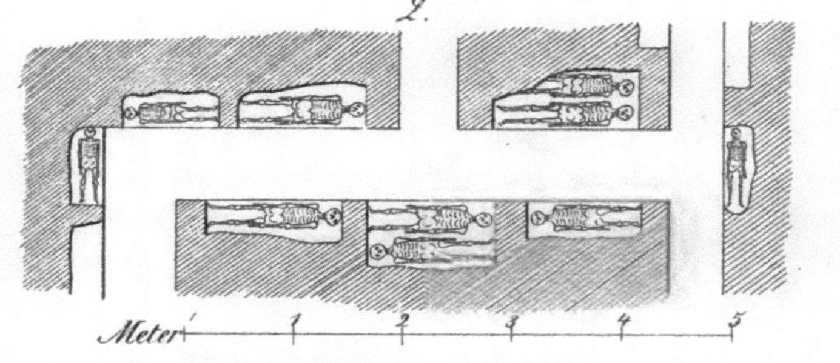

3.

Grabgemach oder Krypte mit Arcosolien.

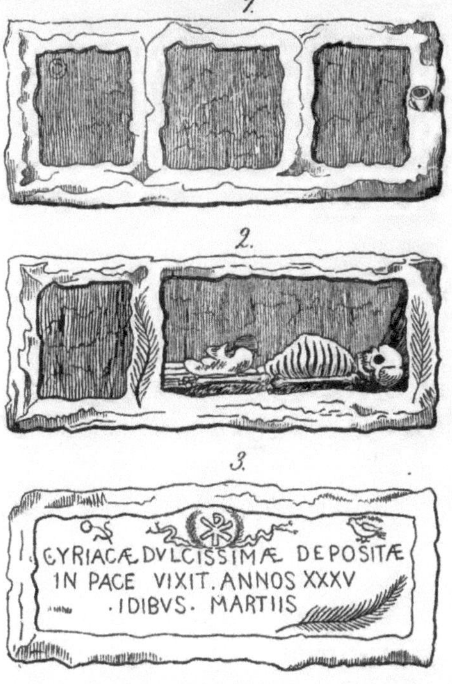

Der steinerne Verschluss der Loculi oder Grabhöhlungen.

Grabgemach mit Loculi.

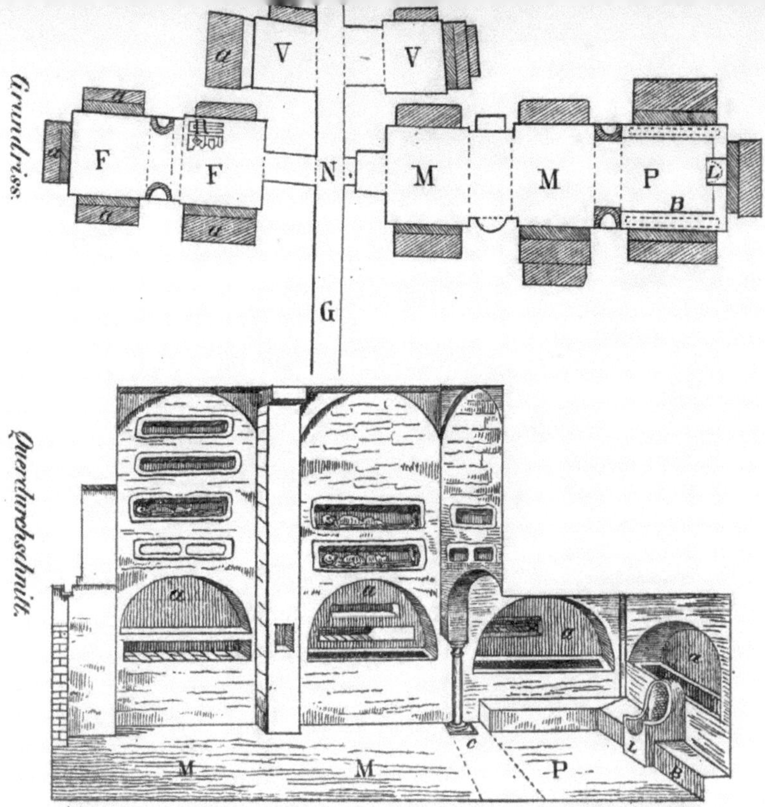

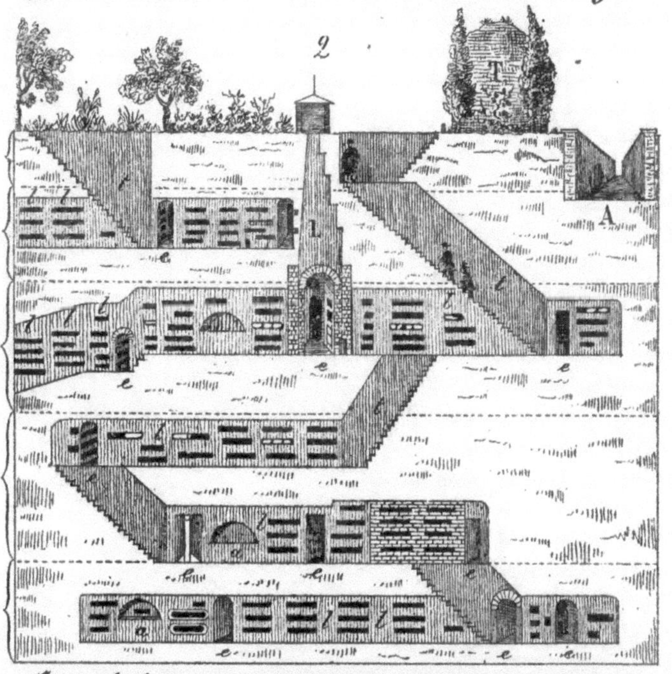

Plan einer Basilica der Katakombe der h. Agnes.

Coemeterium mit 3 übereinander liegenden Gallerien.
Ein Theil der Katakombe des h. Callistus.

1.

Grundriss des Katakomben-Baues:

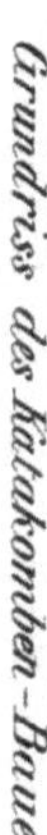

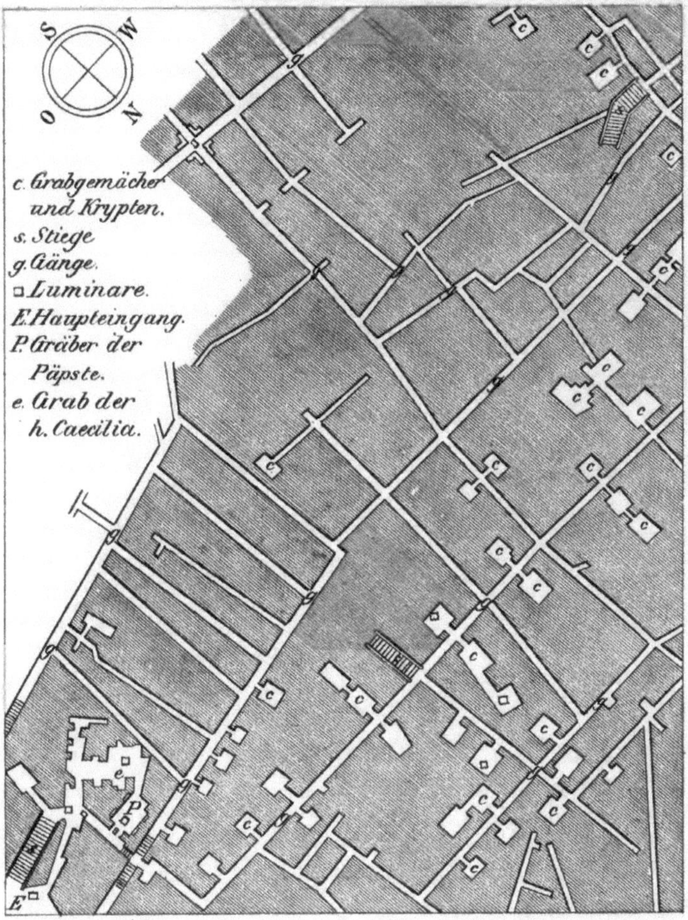

Plan eines Theiles (des II Stockwerkes) der Katakombe des h. Callistus.

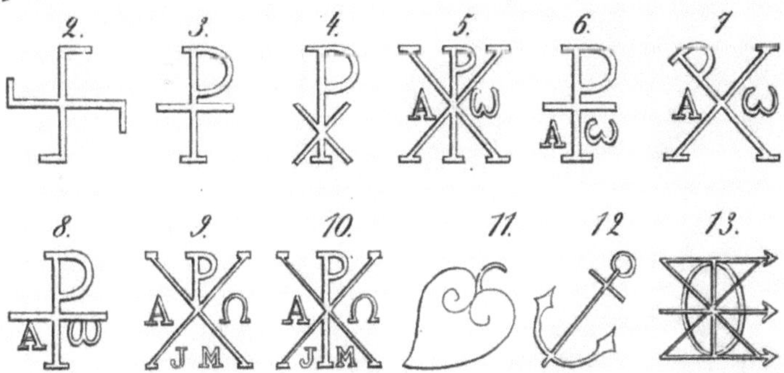

Monogramme u. Symbole.

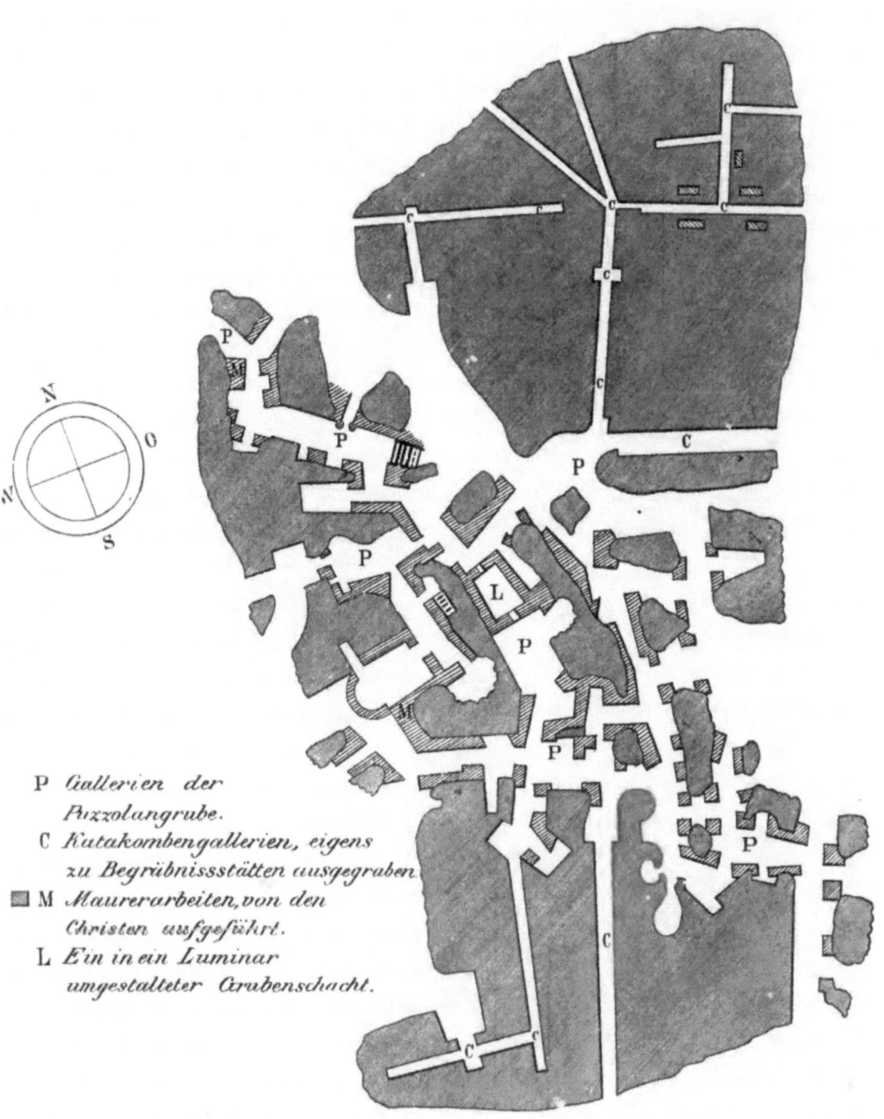

P Gallerien der
  Puzzolangrube.
C Katakombengallerien, eigens
  zu Begräbnissstätten ausgegraben.
M Maurerarbeiten, von den
  Christen aufgeführt.
L Ein in ein Luminar
  umgestalteter Grubenschacht.

Ein bei Anlegung christlicher Begräbnissstätten benutztes

Arenarium.

Ein Theil der Katakombe der Priscilla.

1.

Symbolik der Wandgemälde.

Symbolik der Wandgemälde.

VIII.

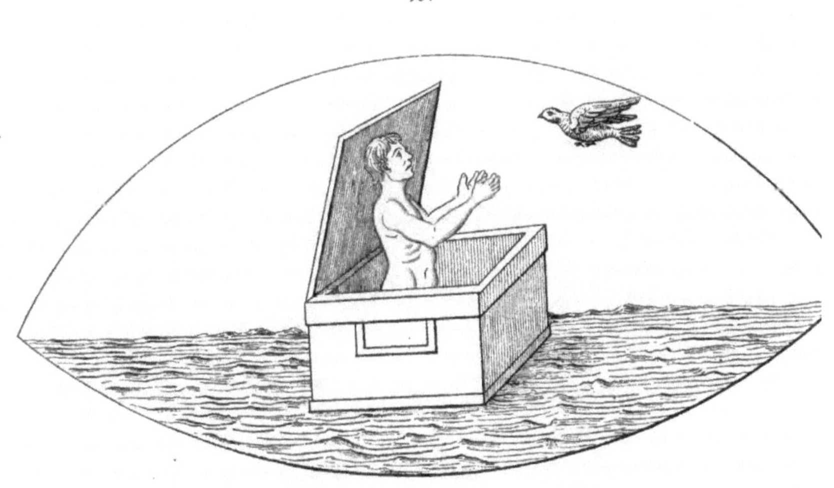

1.

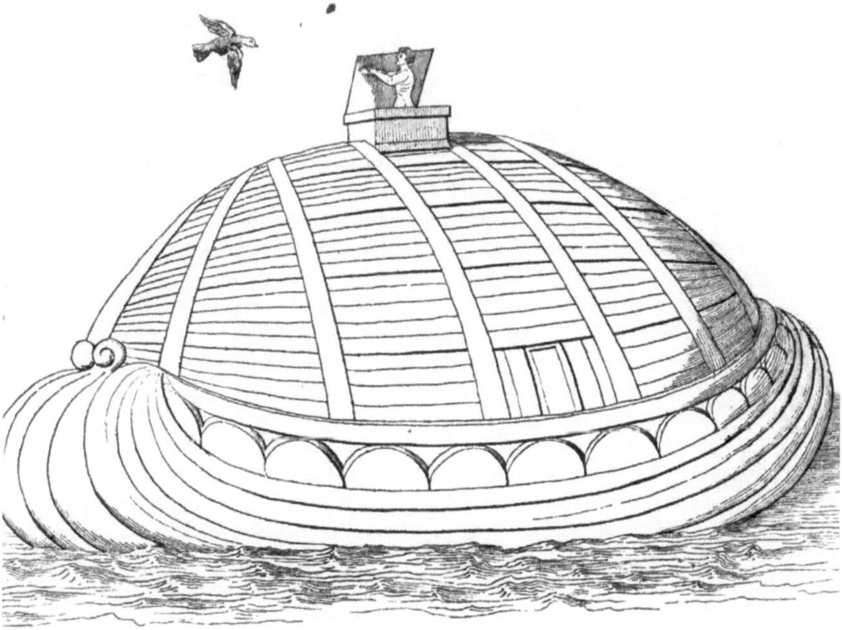

2.

Symbolik der Wandgemälde.

Goldbelegte Bodenfläche
eines antik-christlichen Trinkglases.

X.

1.

Wandgemälde.

2.

Sculpturbild
eines antik-christlichen Sarcophages.